楼上那个男人◎著

图书在版编目（CIP）数据

紫城 / 楼上那个男人著. -- 北京 : 中国文联出版社, 2018.3

ISBN 978-7-5190-3560-0

Ⅰ. ①紫… Ⅱ. ①楼… Ⅲ. ①诗集－中国－当代 Ⅳ. ① I227

中国版本图书馆 CIP 数据核字 (2018) 第 054565 号

紫城

著　　者：楼上那个男人

出 版 人：朱　庆

终 审 人：奚耀华　　复 审 人：邓友女

责任编辑：阴奕璇　　责任校对：王思宇

装帧设计：树上微出版　　责任印制：陈　晨

出版发行：中国文联出版社

地　　址：北京市朝阳区农展馆南里 10 号，100125

电　　话：010-85923075（咨询）85923000（编务）85923020（邮购）

传　　真：010-85923000（总编室），010-85923020（发行部）

网　　址：http://www.clapnet.cn　　http://www.claplus.cn

E - mail：clap@clapnet.cn　　yinyx@clapnet.cn

印　　刷：武汉市金港彩印有限公司

装　　订：武汉市金港彩印有限公司

法律顾问：北京市德鸿律师事务所王振勇律师

本书如有破损、缺页、装订错误，请与本社联系调换

开　　本：880×1230　　1/32

字　　数：78 千字　　印　张：3.5

版　　次：2018 年 3 月第 1 版　　印　次：2018 年 3 月第 1 次印刷

书　　号：ISBN 978-7-5190-3560-0

定　　价：38.00 元

目 录

秋

秋，是寂静的
还没有说好的夏
还没有说好的风
她就悄悄的来

秋，是萧瑟的
还不想掉落的叶
还不想分开的人
然后都走了

秋，是迷人的
那一碟乳白的月
那一树瘦落的枫
以及等等

秋，是思念的
那没有回复的信
那沦落天涯的人
或许等等

孩子

如同一个孩子一般
再没有礼物的节日
我们一样的欢天喜地
遭遇着天真无邪

如同一个孩子一般
再没有玩着泥巴的向晚
我们对着落日的微笑
依旧灿烂以及无所期待

如同一个孩子一般
那从没有实现过的梦想啊
那除了遥远一无所有的远方啊
都只是呢喃呢喃的梦呓

如同一个孩子一般
期待着开满牵牛花的路上
期待着没有答案的未来
以及哼着小曲儿
却一直找不到方向的
芸芸众生

亲爱的妈妈

词曲唱：
妈妈的儿子

你那黑色的头发，白了
你那岁月的皱纹，深了
你那蹒跚的脚步，慢了
你那熟悉的身影，廋了

亲爱的妈妈，你辛苦了
你的叮咛是最甜蜜的话语
亲爱的妈妈，谢谢你了
你的眼光伴我每一个远方
亲爱的妈妈，我想你了
很想很想早日回到故乡
亲爱的妈妈，我想你了

我愿来世还是你的儿子

你那操劳的双手，粗了
你那温柔的声音，小了
你那闪动的泪光，痛了
你那满心的希望，明了
亲爱的妈妈，你辛苦了
你的叮咛是最甜蜜的话语
亲爱的妈妈，谢谢你了
你的眼光伴我每一个远方
亲爱的妈妈，我想你了
很想很想早日回到故乡
亲爱的妈妈，我想你了
我愿来世还是你的儿子

立春

漫野草色花含羞
细风欲语山水清
人间尽是春意时
游子乡愁无安处

换季

他们说这里的季节
换的特快
来不及感受朝雾与暮雨
落叶就纷飞
花瓣就凋零

快乐的日子
天使在哭泣
每一句最动人的对白
在黎明到来之前变的
苍白且无力

没有想念的节日
繁华也只是一种

贬值的奢侈
喧闹过后的孤独
来得比任何时候都重

隔一江水的美丽
两岸春色浓
在小船未到之时
人影悠悠
流水匆匆

给一个理由
可以留下
给什么理由
可以不走？

负担

对太阳来说，黑子是最大的负担
对月亮来说，乌云是最大的负担
黑子是太阳忘了擦拭的污垢
乌云悄悄蒙上了月亮的双眼

对风来说，风筝是最大的负担
对雨来说，尘埃是最大的负担
风载着风筝高飞
雨含着尘埃散落

对昨天来说，回忆是最大的负担
对明天来说，憧憬是最大的负担
回忆萦绕着昨天
憧憬虚构着明天

对海鸥来说，晴朗是最大的负担
对飞鱼来说，池塘是最大的负担
晴朗唱不出风雨中的激情
池塘将飞鱼禁锢

对归人来说，留恋是最大的负担
对过客来说，牵挂是最大的负担
留恋是割舍前一秒的追忆
牵挂让脚步无法流动

对三月来说，倾盆大雨是最大的负担
对八月来说，满山碧野是最大的负担
大雨比不得毛雨绵绵的春意
碧野却得不到落红必要的感伤

对于我来说，你是我最大的负担
对于你来说，我是你最大的负担

你是我的全部

而我

却不是你的唯一

袖手旁观

像看一部别人的电影
读着一句一句揪心的对白
眼泪滴落
然后很欣慰

我站在对岸
在能望见你的地方眺望
水很深
人很远

已经分不清
花店和茶楼
你的衣袖在记忆里
已慢慢褪色

我画地为牢
禁锢的是年轻
你的手中
却早已配了一把钥匙

在距离的囚牢中
我只能袖手旁观
泪水滴落
然后很欣慰

因为我是多么的深爱着你

我从黑夜走过
路经你寂寞的客栈
门口泛着耀眼的灯光
我不敢走进你的店
怕留给你太多的黑暗
孤独对你来说只是一方客栈
对我来说却是整片黑夜

我从小桥走过
看着你哗哗地奔向远处
溅起的小小的浪花
如一个个清爽的笑容
我没有叫住你
让你一直奔去

你有你的海
我有我的山
我们之间永隔一江水

我从花丛走过
闻到你夺人的芬芳
妖艳的花朵在风中像是亭亭玉立的少女
看许多蜂蝶围着你跳着舞
我悄悄地从你的身边飞过
我是一个随风的过客，在你的身边
我只是一只小小的蜂
身影是如此的飘渺
甚至你从未发觉到
当你发觉我的时候
已是我脱针后垂死的狼狈
你会哭泣吗?
请不要跟我说露珠是你的泪滴

我从时光走过

看到你昔日的容颜凋落了美丽的花瓣

白丝如同利剑漂落你的眼前

看不到你流泪

看见你消失的笑容

其实你一直没有发觉

在你身边早已垂老的我

依旧习惯你红尘中的样子

因为我是多么的深爱着你

爱情的谜语

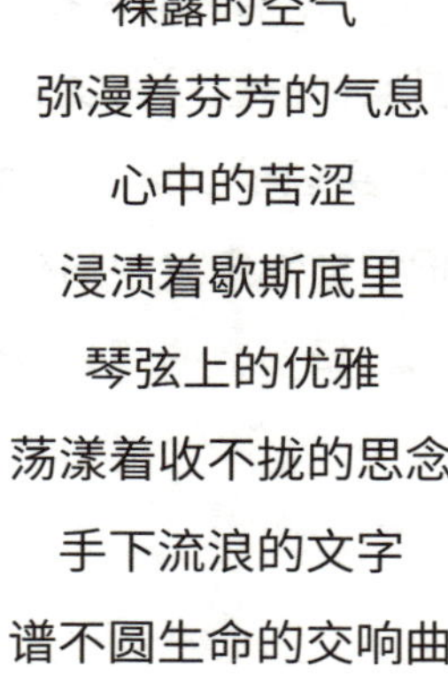

裸露的空气
弥漫着芬芳的气息
心中的苦涩
浸渍着歇斯底里
琴弦上的优雅
荡漾着收不拢的思念
手下流浪的文字
谱不圆生命的交响曲

爱情的谜语
夹在某本小说里
惟悴
如剩了半杯的红酒
喧哗的人间节日

发酵在弥灯和欢语中
我们的舞步会歌唱
却抖落了满地的伤心音符
如落红于水

玩着泥巴到向晚
黄昏滴湿了我们的衣襟
小孩的把戏
我们一样的欢喜
然后把快乐写给了夜
爱情
是否欢喜如泥

天使一开始就给了
两个人一起猜的谜语
无法解开的一个人
在心门未锁之前
与谁解？

红色发夹

我以为春天就没有想象的
孤独
早早整理了棉被
翘着脚晒着太阳
等待春天

原来
花虽盛放
天还是喜爱流泪
湿湿碌碌的
潮解了心情

向窗望十五度角的地方
总偶尔看到了

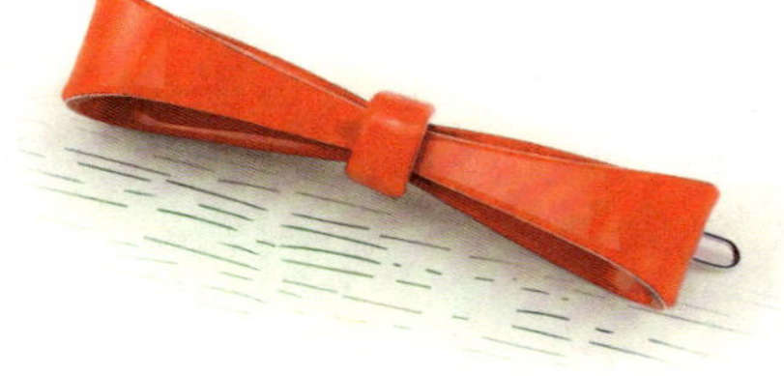

一个红色发夹
像遗忘的记起的往事
不定期出现

后来
变成了无意的一种习惯
遇见很美
令人来不及准备
风本流浪
停驻的是缘

还有期待
才让爱不会嚼成泡沫
历久弥新
其实很简单
爱是最初的
红色发夹

去远方

这个散着阳光的中午
连树枝也感到一股厌倦
倚着栏杆
想望穿这片发着霉的天空
寻找那颗最小的尘埃
发现在去最远的旅途中
并没有绚丽的虹
只有末碎
借着流风
牵绊你的双脚
迷惑你纯洁的思想
那是多么可爱的天堂
却充满了可怕的硝烟
令人窒息的灰土

多想开一扇门给远方
没有锁和钥匙
每个人都可以住进去
不用繁琐和庄重
是否我们都应该给自己
一张自由的门票

紫城

我迷路了
在这座有着深邃紫色的城
那些刻着年月的墙
把你和我的年少
分成一块块的回忆
留下一些青苔
还有你的容颜
有一种慌张
张望城堡时的想
在我们回头的笑靥
我看到你瞳孔里莫名的伤

然后你将双手交给我
还有故事后来的延续
城里面住着一个你我
还有房顶上琉璃的瓦
我们一起把城里的暮色
当成最丰盛的晚餐
那些残留在古堡里灰色的墟
堆积了陈年的罗嗦
化了灰 化了烟
一场大雨流成了河
这是一座有着深邃的紫城
是的
我故意地
迷了路

雨像

雨中两个人的泥洼
一对脚印
一个步伐
一盏灯
还有一条街
梦里成像
迷幻 流连
沿着你的鞋跟
寻觅你留下的故事
还有自己未知的猜想
我们给了它名字
未来给了它余味
一个眼神
一种温度

爱里成诗
断章的没有轮回
真的是真
假的如真

年的纪念

仿若去年
秋天明朗
季节的写生笔笔入怀
轻衣素裹
等待你的时间似水
穿流入隙
当叶子红透了黄昏
你的脸颊如初
没有预测的赐予
踩着秋水的幸福
云布满了天
如同布满了你的心怀

尘世相携
日日月月
有心纪念
年年岁岁

岁月

当我轻轻挽起岁月的裤袖时
记忆的潮水已淹没了膝盖
窒息的细胞
找不到透气的逢隙
在昔时的河里
拼命游弋
我拍一拍生活的牛背
随着走入一树清风
哞的一声
门外的履迹已蹒跚

走过石板桥的诗人

最初的他以为
只要一只笔就可以
创造一个世界
一个角度的洞察
等同于全世界人鸟瞰
然而他错了
并没有纯真
并没有爱情
并没有伊甸园
也没有乌托邦
他的手失去了灵魂
颤抖着抽泣着
一个字一个字地哭着
他悄悄地从石板桥上

走过
无法再去回顾
那一树阑珊
身后的世界
水一般的凉
他喝过北极的雪
吞过撒哈拉的沙
带着人类的灵魂
登上了喜玛拉雅
但是他受伤了
像挂了彩夹着尾巴的狼
想回到痴狂的家园
狼的凶狂
狼的痴情
在桥的另一端
仅仅的一个转身
诗人流下了眼泪

于是

世界开始了

沉沦

致故乡

让我写一首诗，为你
或写巍峨崇山
或写滔滔大海
每一朵山间的小野花
每一个溅起的小浪花
萦绕梦里
如同抹不去的迹
让我写一首诗，为你
或写蓝天白云
或写残阳夕照

晴空万里，水天一色
落霞纷飞，渔舟停晚
映照心中
如同不掉色的画
让我写一首诗，为你
或写淳朴人们
或写悠然村庄
海的胸襟，山的稳重
袅袅炊烟，宁静安然
刻入灵魂
如同生不灭的魄
爱你，故乡
就像爱我自己的生命
爱你，故乡
从未曾离开过的地方
就让我
写一首诗，为你

两个月亮

我经常偷着笑
美丽的夜晚
月亮总跟着
我走
后来有人对我说
美丽的夜晚
有个月亮
总跟着他走
他笑了
我
也笑了

街角

在这个被人遗弃的角落
有人独自唱着哀伤的歌
落叶荒芜了秋天的颜色
街上流动的脚步依旧蹒跚
这是个幸运的国度
人类的唾沫溅不到这里
小虫在墙角边悄悄漫步
没有楼台和烟尘
夜在这里显得特别的宁静
霓虹灯闪烁的世界
人们都困在 一个
没有围墙的孤城
里面充满了酒气和胭脂
可以逃得出

却很少人愿意
扫街道的阿伯
带着尘封已久的思绪
一遍 一遍
清理这遗留的残余
街 很长
午夜最后一双高跟鞋
夹着酒味留下
一个 一个
不知道名字的感叹
夜 很黑
谁在这个孤独的角落
颤抖？
流浪的人独自享受
一方宁静
他做着童年的梦
睡脸吐露着微笑
连梦呓也特别的亲切

只有 只有
在这宁静的街角
风才没有变暖
小虫还可以歌唱
秋天没有褪色
多少人的脚步
在所谓的伊甸园
凌乱
街角的晨钟
带着最原始的祈祷
在夜里
敲响了
一遍 又一遍

日子

眼睛停了又眨
脚步一前一后
手臂摆弄着春风
来不及滴落手指上的烟灰
黄昏便湿了大半
夜来的快
困惑相当的年代
日子如满桶的金子
我们在某时某地
丢失了淘金者的工具
任金子如流
藏在夜里如萤火一般
让人坦然又恐惧的梦呓
总在醉醒后

显得特别清明高雅
褪色的自然且无所狐疑
远方如梦
反复恐慌
恐慌反复
突然发现
脚步未曾走过
目光依旧停滞
每一个黄昏
都看着同一片云彩
哽咽

那时，我们很年轻

破旧的吉他
在暮色中溶解
一曲曲跳跃的歌谣
写在古村老墙上那张
忧伤的脸泪眼模糊
那时我们很年轻

遥远的祝福
双手合并的虔诚
谁来为年轻祈祷？
梦中遗落的伊甸园
什么时候会在海市蜃楼中
变成原始的城堡？
那时我们很年轻

为了盛开一朵不知凋期的玫瑰
甚至有人浇灌了整个世界
花期过后的季节
还能拥抱着哭
面包与玫瑰的战争
胜利的还是花香
那时我们很年轻

那片关于梦想
关于爱情
关于未来的青草地
曾经绽放白色的小花
我们在小花未凋的时候
梦幻最灿烂的春季
和最浪漫的童话
那时我们很年轻

关于爱情的三部曲

一

童话

遇见了莫名的你
像是读了一本莫名的童话
我佩上国王的剑
披荆斩棘去寻你
白色的你
撑着小小的雨伞
细数着眼前的雨丝
你说　那是一种莫名的期待
我送给你公主头上的草环
告诉你　手掌上的心中的温暖
可是

你却说我不是你
梦中那个童话
于是
我开始不喜欢可爱的安徒生

二
遗忘的候鸟

我在人群中
寻找你
你在夜幕中
寻找阳光
花装饰你静静的窗台
你装饰我淡淡的梦
当风刮起往日的芬芳
我们一起选择遗忘
记忆是不死的灰烬

在绝望处复燃
思念却如星星之火
燃烧的不只整片森林
不要站在囚牢的面前
作一只受困的囚鸟
我们都是尘世中的
一只候鸟　守侯的
是我们期待的烟花季节

三

用来祭奠的爱情

我抓了一只蝴蝶
细数着刻在薄翼上的
故事
幻想着我们未知的
未来

美好的传说只是
昨夜的流萤或霓虹
谁将其化为永恒的灯火
当爱情
只能用来祭奠和信仰
我选择了自由
烧成的堆堆死灰
是曾经的用心良苦
直到最后
我放飞了蝶
像释放我神一般的　梦想
天空　才是
我所要去的方向

滴着血的歌

如果记忆是一片残叶
凋零的却是整个秋天
我独自矗立在哭墙前
挂念一个类似
却不知情节的美丽故事

风借着云停脚
我借着思念靠岸
偶然间掀起白色的水花
如昨日芬芳的泥
我们玩着泥巴直到
白露浸湿了月色

树上的蝉壳什么时候

荒芜了
他原来的颜色
披着炫耀翅膀
落了单哀着歌的候鸟
依旧朝着梦的巢飞去
像长了翅膀却没有双脚的我
朝着思念的方向一直飞

我在这个悲伤的秋
忘了　忘了
忘了那掠过眼角的紫色蝴蝶
还有刻在双翼上
流动的诗句

让我带上你的信笺
流浪　流浪
褪色的笔迹
还能闻到你发端上的微香

于是

我在孤寂的大漠

还能借着篝火

为远方的你

轻唱　轻唱

轻唱这首滴着血的歌

我们都是孩子

天亮了
昨晚的酒味还在
明天
却并不是另一个今天
我们都是孩子
在醒后长大

该忘的忘不了
不想忘记的瞬间即逝
守住什么
留驻什么
回忆什么

不是为了什么而歌唱

歌声本身就是理由
我们都是孩子
因为不懂而悲伤

花凋了还有春天
人走了还有记忆
我们都是孩子
还有对橄榄树的挂念
希望还在

古道的歌

古道的歌
不老的酒
孤墓散着芬芳
过客拾着琐忆
夕阳下的一唱
是惊鸿一般的撩人
心扉
过去的已过去
未来的尚未到来
一首悲壮的歌
埋葬
古老的故事

冬

仅需一条白色的围巾
便可以围出一个冬的小城
世人在自己构造的窝里
体会仅剩的一点点温度

在冬的城堡中
我们都是可爱的小矮人
守候每个人心中
未曾遗忘的公主

这里没有萧索的诗句
暖风吹起
一声声　一声声
令人掉泪的

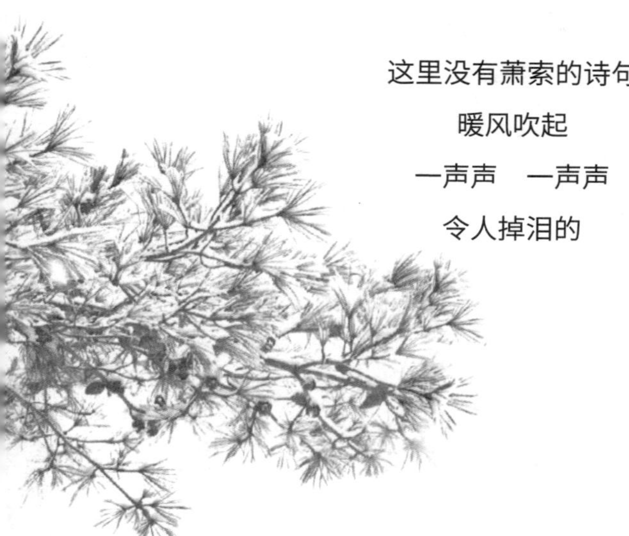

祝愿

橱窗上未干枯的圣诞礼物
是早早许下却未曾实现
小小的愿望
我们因为祈祷
世上才会有永恒的春天

爱情的化石

夜色在你温柔的臂弯
划出了一道紫色光芒
掉落的一点一点星光
围着你的裙角跳舞
你说你喜欢这样的感觉
没有的尘灰的夜

我找遍了所有的城堡
为了你的梦呓
寻找早已消失的童话
公主头上耀眼的光环
美人鱼身上闪闪的鳞片
还有我
一滴甜甜的眼泪

什么时候
天空不是蓝色
花凋了不是落红
爱情走了可以坦然
人远了不会伤悲

我在茫茫人潮里
抓着一条信仰的枯藤
想带你去寻找爱情的化石
给你最古老的浪漫
让风沙在你的耳边歌唱
轻轻的唱

我牵着你的小小手
沿着丝路一直走下去
不远处
有我们用爱堆成的城堡
那里 夜色正好

我的 2014

２０１４
我种的花
忘了盛开
胚芽腐烂的沙泥
到处是鬼的咒语

２０１４
你给的谎言
忘了时间
痴心守侯的玫瑰
只长了棘手的刺

２０１４
我走在启明星下的小巷
梦想埋在水沟里
背包早已褪色
小狗忘了回家的路

迷失的２０１４
流浪的２０１４
我胎死的２０１４

有时候

有时候
孤独比繁华来的自在
繁华只是片刻
孤独却是长夜

有时候
心里的爱比不上物质的温柔
爱一直看不见
只可以用物质来形容

有时候
转身比留恋更加铭刻
留恋至少情深
转身却有太多的伤害

有时候

爱与被爱一样的烦恼

爱是幸福的负担

不爱却是遗憾的忧伤

有时候

拿着伞却还让她淋到雨

有时候

大声歌颂简单幸福的伟大

有时候

一个人走路不会落单

有时候

诗句还在滚着泪水早已溢出

搁浅

你总是说
海的那边不是海
海鸥飞翔
你心飞翔

你总是说
我没有一条小船
仅仅仅仅
能载动你

你总是说
船上没有一个水手
就是我
也移不动船桨

直到有一天
我亲口告诉你
告诉你说
海的那边还是海
就是海平线
也有无数条

告诉你说
我不是没有船
我的船已经搁浅

告诉你说
我可以为你掌舵
但我不习水性

后来
一只小船载着你去了

远方我

却等着风

荒芜了我的小小的船

舞步

神的儿子告别那沉重的盔甲战袍
地狱的门槛在瞬间断裂
盘古找不到那把生锈的斧头
人类依旧取火烧饭劈柴垒窝
一声骄傲的舞步
在一个两个三个四个的耳朵里发酵
然后谁赤足踩着岁月的三轮车
沿着麦哲伦的轨迹去宣告世界

梦想是地摊上的劣质商品
到处宣读着昨夜的空幻和明天的第四餐
许多人因为便宜或贫穷选择了伟大
而专卖店里流动的时尚
却不曾因为公主的舞步而扬起灰尘

秋的骨感如纸张一般的瘦
蜕变的季节播放着冰冻的探戈
风在轻舞泪在漫舞歌声飞舞
我们穿着棉被一样的衣服
无法跳舞然而
舞动的却是魔鬼一般的黑色爪牙

类似豆腐的寂寞化石
孵出一头孤独的怪兽
整个沙漠的沙都流成了血
那里正进行一场舞者的血腥之战
战士用舞步征服了敌人
攻占了悲伤的诺曼底城堡

旧上海低沉的留声机
嘎然一声叫住了舞者
相互搀扶着的红男绿女双眼停了电
哗啦啦又响起

一直舞动的
原来不是迷茫或伤感或无奈
而是写在墙上有如影子飘动的
青春

爱在左恨在右

你站在我的左边
我站在你的右边
风刮过你迷人的左脸
撩过我忧伤的右脸
你说风是云的过客
我说云是风的依恋

你左手拿着记忆
右手拿着幻想
我却左手牵着你
右手牵着空气
月色荡漾你的柔波
你淹没我所有的庄园

紫色的小雨敲你的虚掩小窗
等待我的却是倾盆的飞泻
我们站在感情的路口
你向左我向右
你一直走去
我转了身忘了方向

爱在左恨在右
所以我不敢确定
你的月台和我的旅店
我们握着彼此的双手
躲在爱的屋檐下
不断颤抖
不断摇晃

泡沫

当思念被风
吹成
最后一个泡沫
我小心翼翼地
捧护着
害怕因为流风
而打碎了我对苍茫未来的
唯一一次挂念
谁知道
流泪是因为悲伤还是欢喜
谁知道
牵手是为了告别还是重逢

许多时候

我们像守护薄翼般的泡沫一样

守护

一个具有风险且渺茫的故事

假如

假如烟花还灿烂
人依旧还在守望
是否你还会期待
那瞬间的灿烂与盛开

假如秋意渐浓
落红缤纷
离愁似水
是否有人还会再低唱
那首年少的童曲

爱人如冰
融化了成水
恨人如刀

抽不断两岸
假如夜深似墨
黎明是否会提先到达
午夜的钟点
敲碎了光明
破了惟有的感悟

假如尚有来生
我还可以记得你的名字
是否就可以再写出传奇
还是你依旧
在他乡彩霞处

氢气球

我原以为我是一个氢气球
可以自由自在地飘悠
却始终逃不过地球的束缚
原来你就是引力
风有方向雨有方向
我却朝着思念的方向去飞
直到粉碎了自己
残骨遗落的地方
是否有你眼角的诗句
然后你亲手堆成
一个没有鲜花的坟墓
上面刻着
你的名字
我的姓氏

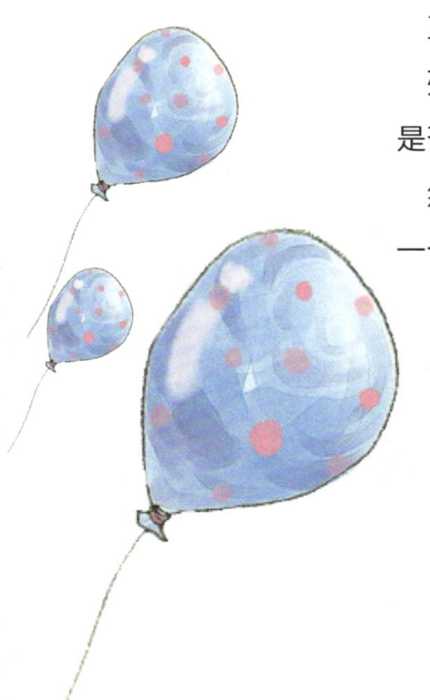

雨天的情诗

搁下笔的时候
天空还在下着雨
一点一点的雨滴
仿若
想起你的时候
一点一点的
思念

爱是一把小小的纸伞
短暂的晴天
转身离去的片刻
才发现
衣角已被滴湿

挽起了裤腿

让记忆伴着雨水卷起

露出了白白的皮肤

透明的

然后用地上的洼水

把灰尘洗了去

最后一次见你的时候

你那粉红色的花边小伞

旋转着一圈一圈的雨花

连你那熟悉的背影

都留不下

因为

我已经站在了

你的身后

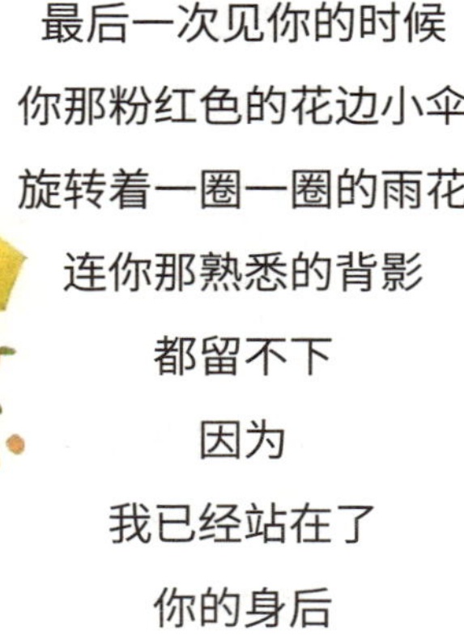

屋檐下的诗

这里没有涟漪
天花在这里散落
徜徉着却不流动

地上的天水
枕边的泪滴
深深雨巷
始终
走不出诗句

雨季消散在
溅着雨花的长长的老街
路人蹒跚的屐履
在屋檐下唱起了快板

没有来迟的花
没有早到的雨
你不是晨钟
我不是暮鼓

江城子·辛卯七月二十六悼祖母

八十九年春与秋，仙逝时，云归处。一枕冰宫，禅钟声声寒。纵然不舍难胜天，泪满面，心如割。

遥想昔日慈面容，若水善，至诚心。一隔阴阳，唯有泪千行。长夜相伴风无语，独撰词，痛悼之。

吞泪

停止哭泣 好吗?
泪水从你眼里流出
却在我心里发酵
撕心裂肺

爱从何说起?
瞳孔是最透明的地方
因为心中有爱
所以了解疼痛
化作湖水
只为那片海

如果还有选择
我会在泪水溢出之前
吞下你的泪滴
永远都不让你悲伤

如果爱情是一碗孟婆汤

如果爱情是一碗孟婆汤
是不是可以
在人来人往中
宿醉不归

如果爱情是一碗孟婆汤
是不是就可以
遗弃了过去
一清二白

如果爱情是一碗孟婆汤
是不是就没有了悲伤
住进伊甸园
王子公主

如果爱情是一碗孟婆汤

是否可以忽略对你的愧疚

继续沧海桑田

前世今生

白

身上染了灰
红尘 俗世
爱你依然很白
和兰花一般

他们说爱情已经绝灭
我用仅有的力气告诉你
爱可永世
用一种挡死的勇气
写你我的传奇
故事如水
清澈透明
有一个没有灰尘的世界

一个你

一个我

一片田

永世

沿着小路延伸
左边 右边
我无法承诺
却可以给你永世

写一首小诗如你
押韵 承接
我不想承诺
安静献上永世

繁华人群孤独似水
冰心 玉爱
我没有承诺
誓死爱你永世

春分·冬至

春分
我发芽你沉默
夜里很凉
我含露你忧伤
我没有告别就出发
路过你的墙
我写下一张脸
挂着期望和青春
回头擦拭着落霞
于是灿烂了你忧郁的眼
我的马蹄声滴答滴答
唱着属于你的歌

冬至
我随风你冰冷
冰河世纪
我掏心让你冷藏

荒

我没有流泪
所以 干涸了心田
寂寞野草
无边滋长
忧郁了思念着的墙
爱你成荒
荒芜了年岁
如何 不悲戚
夜里不扑火
是一只孤蛾
只为等待千年天火
获一身灿烂

秋天以南，忧伤以北

我想我应该为这个夏季写上一页
写一寸忧伤如昔
写黄昏身影孤零
再索性写一段遗忘桥段

原来转身总是轻巧
原来我的爱情总有遗憾
原来等待转眼是空
原来爱是一个断点

我已不再怀念
仿如我曾深深爱过
小小心的爱恋像个脆弱的孩子
喜怒无常

尘世百红
为何视而不见
抽身躲在自己的小楼
练习孤单

知否
我曾为你奋不顾身
遗忘了过去
知否
我愿为你等待千年
只为你那一滴心疼的眼泪

留恋总是痴缠
离开总是瞬间
记住总是片刻
遗忘总是全部

秋天以南

忧伤以北

我拿年华当赌注

给自己一个未知未来

我热爱这个世界

我热爱这个世界
因为有蓝蓝的天
白白的云
成群的马羊
绿绿的草

我热爱这个世界
因为有深邃的大海
激昂的波浪
扬起的帆船
自由的鱼

我热爱这个世界
因为有好看的小说

麻辣的火锅
不太远的远方
温暖的家

我热爱这个世界
因为有美丽的姑娘
轻舞的裙角
难忘的侧脸
翘起的嘴
我热爱这个世界
也深爱她

平凡

七八点的夜灯
疲惫的巴士
往返人们
同车却不同站
一种向往
不一样的落单
平凡的我们
平凡的写意
重复着的
简单又繁琐
我们为何而在
一个信念
一份期待

等等等

夕阳西下
我在月色中等你
等你看萤火璀璨
星光点点

落叶飘零
我在树下等你
等你看春泥肥沃
草色青青

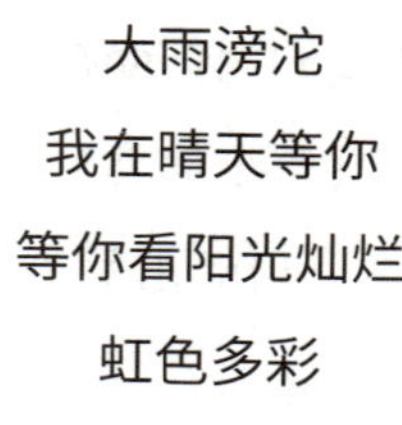

大雨滂沱
我在晴天等你
等你看阳光灿烂
虹色多彩

炊烟袅袅
我在门口等你
等你熟悉身影
凝视眼神

我们老了
我在来世等你
等你等我
三生三世

走，我们去看看世界

一
欧洲

走，我们去看看世界
去看巴黎街头流动的时尚
橱窗里透出的气息
有着上世纪的躁动

走，我们去看看世界
去倾听埃菲尔铁塔顶上深情的呼唤
那古老的寂静
在塞纳河流上缓缓地流淌

走，我们去看看世界

去看瑞士山上洁白的雪
秀气的山峰凛冽的风
还有几千米海拔的故事

走，我们去看看世界
去看威尼斯城上讲不完的历史
围绕着的水
还有来去自由的船

走，我们去看看世界

二
台湾

从我家划个小船
经过台湾海峡
不用多久

就到了

可是
我们手上拿着机票
却兜转了
半个南半球

于是
后来关于阿里山的姑娘
关于西门町的美食
以及写着日月潭的小学课本

都通通不太重要了……

家乡

古塔风吹白雀飞，
海天玉柱蝴蝶亭；
青山绿水依旧在，
人间已是数十年！

志在千里

昨日依稀常回首
一路泥泞一路歌
乘风破浪如儿戏
跋山涉水似等闲